Una pila de alpacas

MATT COSGROVE

Scholastic Inc.

Para Madeleine y John,
mis sobrinos
(quienes no se parecen en nada a Rita, Vanessa y Dino)
— M.C.

Originally published in English in Australia in 2019 by Koala Books, an imprint of
Scholastic Australia Pty Ltd., as *A Stack of Alpacas*

Translated by Abel Berriz

Copyright © 2019 by Matt Cosgrove
Translation copyright © 2022 by Scholastic Inc.

ISBN 978-1-338-71549-1

10 9 8 7 6 5 4 3 2 1   22 23 24 25 26

Printed in the U.S.A. 76
First Spanish printing 2022

The type was set in Mr Dodo featuring Festivo LC.

Este chico se llama **Macca.**

¡Es una alpaca!

Gorras graciosas colecciona,

¡y dormir
LA SIESTA
lo emociona!

Este se llama
Dino.

¡Es su sobrino!

Es redondo como una **pelota**...

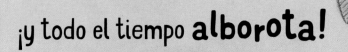

¡y todo el tiempo **alborota!**

¡FUON!

¡PONC!

Estas son las sobrinas que a Macca fascinan.

Se llaman
Rita y **Vanessa,**

¡y son **_EL DOBLE_** de traviesas!

—¡PILA sobre tío Macca!

¡CRAC!

—¡Mi espalda, me la machacan!

Con el tío a vivir fueron y mucho se divirtieron,
y las reglas de su tío les parecían un lío.

REGLAS
- comer verduras
- ser amables
- ser educados
- ser limpios
- ser sensatos

Con la comida **jugaban**
y de dulces se **hartaban**.

Por los juguetes **peleaban**

y mucho **jaleo** armaban.

¡RRRRR!

¡PUM!

¡ROMPÍAN y salpicaban!

¡MORDÍAN y peleaban!

Se embobecían...

y luego **gemían.**

Macca vio todo al revés
¡y **COLAPSÓ**
del estrés!

—¡Rita, Vanessa, Dino,
creí que tendrían más tino!

Al ver a su tío Macca
tieso como una estaca,
los tres se sorprendieron...

y **disculpas** le pidieron.

LO SENTIMOS, TÍO MACCA. CARIÑOS

Las alpacas se **abrazaron**, y luego se **apiñaron**,
e idearon un plan para arreglar
el **desmán**...

MEJOR
TÍO DEL
MUNDO

De arriba abajo

¡hicieron todo el **tra-**

ba-

jo!

Rita **restregó** y **limpió.**

Vanessa **fregó** y **trapeó.**

Dino **sacudió** y **barrió...**

¡hasta que el trío, cansado, al suelo **cayó!**

—Estoy súper orgulloso
—dijo Macca, silencioso.

Pero al dejar la habitación,
sin querer hizo...